三千二而已

雪倫湖、曼姝 合著

Family Sky 天空數位圖書出版

目錄

三十一而已（上）／雪倫湖 1

三十一而已（中）／雪倫湖 19

三十一而已（下）／雪倫湖 37

越上心頭（上）／曼殊 57

越上心頭（中）／曼殊 75

越上心頭（下）／曼殊 93

三十一而已（上）

文：雪倫湖

前　言

葛晴，趙詩穎和韓薇薇是三個大學時代的知心好友，畢業後合租一層公寓，一起分享彼此的喜怒哀樂，一起度過單身的春夏秋冬。

生活不容易，但友情有意義。

獨立自主的葛晴、膽小害羞的趙詩穎，和豪爽大方的韓薇薇，個性迥然不同，但年紀相同三人，共同扶持，共同成長。單身的她們，總和愛情擦身而過。是緣分未到，還是愛神太忙呢？今年，桃花似乎眷顧他們，在她們身上留下深刻印記。

三十一而已，愛情在而立之年後，悄悄降臨。

第一章　相遇

只有妳想見我的時候，我們的相遇才有意義。

——李子維

人生，最幸運的事情，莫過於擁有幸福美滿的家庭、三五知心的好友、健康強健的身體、和無憂無慮的生活。

短短幾句話，有人自然水到渠成，但有人竭盡心力，用盡一生，卻始終無法得償所願。葛晴，趙詩穎和韓薇薇是三個關係緊密的好友，大學畢業後，三人決定留在北部工作，於是合租一層公寓，一起分享彼此的喜怒哀樂，一起度過單身的春夏秋冬。

三人中，趙詩穎家境優渥，為人慷慨，用錢方面很大方。由於個性內向，如果有人提議請客，她常常是那個買單的人。身邊少不了幾個酒肉朋友，幸虧葛晴和韓薇薇的心理建設和幫忙抵擋外來食客，讓她少花了不少冤枉錢。

獨立自主的葛晴，覺得即使是好友，該算清楚的不可含糊。而豪爽大方的韓薇薇，則是隨心而為，自由自在。個性截然不同，年紀相同的三人，漸漸成為契合的好友。

時光飛逝，歲月如梭，今年三人就邁入三十一歲了。

葛晴曾是三人中最有主見的，工作順利，對於男人也有自己的一套規矩。照她的計畫，應該在三十五歲之前，會踏入婚姻的殿堂，雖然目前還沒找她理想中的另一半。韓薇薇身邊蒼蠅蜜蜂雖然不少，但她迄今尚未為任何人停留，她總是擔心，會錯過最好的那一人。

趙詩穎，三人桃花最弱的一個，只在職場上談過一場「不知所云」的戀愛，交往不到一個月，就無疾而終。她記得那個無緣的前男友，分手時跟她說的幾句話：「妳的天真膽小，讓我備感壓力。我喜歡的是獨立的女性，不是凡事以我為尊，沒有主見的人……」後來的話，趙詩穎聽不清楚了，因為她的眼淚不爭氣的流下來，趕緊離開現場，狼狽又不堪。

之後，她對感情更加小心翼翼，不輕易打開心房。

她常常笑說，自己的桃花可能都跑光了，所以這幾年都孤單一人。

然而，韓薇薇和葛晴確認為是詩穎過度謹慎又害羞內向，對於他人邀約，常常拒絕，不給對方一點機會。

「不是不給機會，是我對於約我的人不感興趣啊，他們的外表個性，都不是我的菜，我不想要騎驢找馬，或是退而求其次，就不要讓對方懷有希望，浪費時間，對彼此都不公平。」趙詩穎對於感情的看法，有自己的堅持。

「詩穎，感情是需要培養的，一見鍾情太難了啦。」葛晴搖搖頭說道。

「有一說一，不相處怎麼知道合不合適呢？」韓薇薇附和。

「一見鍾情很浪漫啊，而且，誰說不可能呢？最近我就遇到一個。」趙詩穎想到她在《季節交錯咖啡館》的那個優質男。自從上次見到他之後，突然有種心動的感覺。之後，趙詩穎有空就去，她發現此男子，一星期到咖啡館兩三次，每次都坐在角落的位置，應該想在嘈雜聲中，找到一絲寧靜吧。

「快，說來聽聽。」兩人一臉好奇，催促她報告詳情。

「穿著剪裁精緻立體的西裝，閱讀商業雜誌專注神情，啜飲咖啡的動作，給人優雅迷人的感覺。尤其講電話時的聲音，醇厚好聽。我第一次看到他後，目光就忍不住繞著他轉。」趙詩穎露出幸福羞怯的表情。

當韓薇薇聽完趙詩穎的敘述後，忍不住的笑道：「親愛的，妳是不是言小看多了，滿腦子都是浪漫的因子。而且，如果這男子真的這麼優質，應該早就名草有主了。」

「根據現實層面來說，薇薇說的很有道理。詩穎，如果妳覺得不能錯過他，可以找個機會跟他認識，別只是浪費時間觀察他。」女強人葛晴一針見血。

「我不敢啦。」趙詩穎嘆口氣繼續說道：「可遠觀而不可褻玩焉。嗯，停止這個話題，我們出去吃飯吧。」

詩穎突然有種內心珍藏的東西被窺探的感覺，連忙轉移話題。

****

緣分，妙不可言。

趙詩穎從高中開始，就很喜歡閱讀言情小說。她最愛的男主角不是「霸道總裁」系列，而是「暖男菁英」的人設。因此，當她在咖啡廳見到優質男時，內心是悸動不已。然而，她清楚浪漫畢竟只是在書中，而現實生活，有點粉紅幻想即可，不能當真。

趙詩穎再度到《季節交錯咖啡館》，已經是一星期後的事了。

一進入咖啡館，她看到優質男正在排隊，她很自然而然的排在後面，此刻她心跳不爭氣地加速。突然，優質男對店員說道：「抱歉，我皮夾放在公司，冰拿鐵取消好了。」

「可是我們已經開始……」店員有點冷淡地說道。

「沒關係，我幫他付好了。」趙詩穎不知道哪來的勇氣，竟然大聲說道。

優質男轉頭望向她，「謝謝妳，美女。我明天就還妳。」

就這樣，因為一杯咖啡，兩人交換了聯絡方式和名字，趙詩穎沒想到小說中的情節在現實中真實發生了。

兩人常常在咖啡廳見面，偶爾聊幾句話，漸漸變得熟稔。

優質男叫馬克，職業是董事長特助，喜歡喝咖啡和看電影。趙詩穎覺得馬克根本為她量身訂做，因為她也喜歡咖啡和電影，所以兩人有聊不完的話題。除了咖啡館之約，兩人偶爾會一起吃飯、看看電影。

很難想像外表亮眼之外，談吐也如此有趣，再加上為人體貼，不到一個月，趙詩穎覺得她對馬克的好感，已經轉換成喜愛。

只是，不知道對方的想法。

馬克彷彿看穿她一般，突然溫柔說道：「小穎，我覺得妳是個善良心軟的女孩，比起外表艷麗，卻自私自利的女孩，妳更加美好。我覺得我很喜歡妳，甚至愛上妳，下星期一，我們一起過情人節吧？」

「好……好啊。但現在是九月，情人節不是二月嗎？」面對這樣突然其來的告白，趙詩穎覺得甜蜜不已，又不知所措，忍不住把內心的疑問道出。

「我們第一次正式約會的日子，就是我們專屬的情人節。」馬克深情的解釋。

「你最喜歡我哪一點？」雖然有點破壞氣氛，但她覺得自己外表頂多稱得上清秀，稱不上漂亮。她想知道自己吸引馬克的優點。難道，馬克是因為「善良」才和她交往嗎？

「因為，其實喜歡一個人沒啥原因吧。妳很慷慨，不錙銖必較，心地又好。我對於另一半的要求，不是外表，而是擁有真善美的內心。」馬克雲淡風輕的說道。

這些對白，宛如小說中的情節，趙詩穎忍不住嘴角上揚。

被告白後的幾天，趙詩穎常露出愉悅神情，不由自主地哼起情歌。

星期五晚上，三人一起在家共進晚餐。

晚飯後，趙詩穎決定告訴好朋友這件事情。

「妳們記得我上次提過的優質男嗎？」趙詩穎神秘一笑。

「記得啊，妳對他一見鍾情。」葛晴說道。

「他叫馬克，我們在一起了。」詩穎害羞點頭，拿出手機裡馬克的照片給兩人看。

韓薇薇看完後，大叫道：「天啊，是個帥哥耶。這種桃花，我怎麼都遇不到。從明天起，我有空也去咖啡廳坐坐。」

「妳又不喝咖啡。」詩穎笑道。

「詩穎。誰先告白的嗎？」葛晴不敢置信，但又忍不住開心地問道。

趙詩穎說道：「他先告白的。從一廂情願的偷偷觀察，到兩人正式自我介紹，這中間竟然只是因為『一杯咖啡』。」

趙詩穎說出這段讓兩人墜入愛河的故事。

葛晴嚴肅地說道：「詩穎，妳有男友我很替妳開心。不過，這過程真的太戲劇化了，我覺得妳還是且愛且小心吧，再多方面觀察一下。」

雖然葛晴只大詩穎幾個月，因為詩穎單純和內向，所以葛晴常把她當妹妹一樣照顧。

「我知道。」趙詩穎點點頭，雖然她覺得葛晴想太多了。

「穎，有進展要跟我們分享喔，讓我們沾沾妳的喜氣。」韓薇薇拍拍她的肩膀，開心一笑。

「啊，我要和馬克出去看電影，快遲到了，晚點再聊喔。」趙詩穎拿起包包離開。

望著她離去的背影，兩人均露出複雜的情緒。

「薇薇，妳怎麼看？」葛晴問道。

「我覺得有點巧合，但是說不定邱比特出來活動了。」韓薇薇雖然有點懷疑，但仍抱持樂觀。

「我也覺得太巧了，彷彿電視劇情。詩穎雖然已經三十歲了，但是其實還像個孩子，容易相信他人。我的第六感覺得怪怪的，改天去咖啡廳會會他吧。」

兩人討論了一下計畫，才放心地繼續看電視。

韓薇薇是從事保險經紀，因此她把客戶都約在《季節交錯咖啡館》，又能工作又能觀察，不浪費時間，一舉兩得。

一個月過去了，韓薇薇並沒有任何收穫。

正當韓薇薇已經想放棄了，沒想到下午，就有「驚嚇」，不，是「驚喜」。

下午五點多，韓薇薇和客戶珊卓談完後，對方準備離開時，她一抬頭，看到了一個像馬克的人開門進來。

她一眼就認出來，他的穿著和詩穎手機裡面的一模一樣。格紋西裝，一派優閒。

真是來得早不如來得巧。

「馬克！」珊卓突然大聲喊道。

馬克一看到珊卓，拔腿就跑。

韓薇薇也跟著追了出去，但馬克已不見人影，只見珊卓一臉怒氣沖沖，張望四周。

「珊卓，怎麼了？」

「剛那個跑掉的西裝男，叫做馬克，是我前男友，他跟我借了一筆錢就人間蒸發了。好不容易看到他，當然要跟他把錢要回來，但他已經跑掉了，真是個孬種。」珊卓難掩怒氣，一股腦兒抱怨出來。

兩人回到咖啡館內，韓薇薇試探性的問道：「妳怎麼會和這種人交往呢？」

「我和他是在速食店認識的，之前工作很忙時，我常常到公司附近的速食店吃飯。有一天，他買了漢堡，忘了帶皮夾，剛好我排在他後面，於是先幫他付錢，結果都是陷阱。可能他觀察我身穿名牌，手提名牌包，以為我是個小富婆，才故意接近我。雖然他比我小好幾歲，但說話很成熟，談吐也很好。當時我以為他是真的喜歡我，沒想到，背後的目的都是為了錢。」珊卓眼眶泛紅，不知道是放不下還是氣不過。

韓薇薇內心髒話罵了一輪，原來，詩穎遇到的不是優質男，而是「要錢男」。

為了和詩穎確認，韓薇薇藉故跟珊卓說道:「我因為工作關係，常常到處跑，妳把照片傳給我，如果我看到他，馬上跟妳連絡。」

「謝謝。他總說他不上相，不喜歡拍照。這是我之前和他出去時，趁他不注意拍的，我現在傳給妳。」

「好。如果有消息，我會馬上通知妳。」韓薇薇望著照片，若有所思。

韓薇薇和葛晴討論後，決定明天三人吃飯時假裝無意地提起，否則可能會引起詩穎的反感。

****

韓薇薇見詩穎今天有點悶悶不樂，假裝隨口問道：「馬克遇到麻煩嗎？還是他跟你借錢？」

趙詩穎一臉疑惑地看著她，「妳怎麼知道？」

韓薇薇連忙問道：「他跟妳借多少？妳借了嗎？」

「三十萬。我應該會借吧，他希望我後天答覆他。」趙詩穎說道。

「絕對不能借。妳看，照片中的人是不是馬克？」韓薇薇把照片拿給趙詩穎看。

「對啊，妳怎麼有他的照片？」

韓薇薇把珊卓和馬克的故事說了一遍，並把珊卓約了出來，讓兩人當面聊聊。聽完珊卓的話以及看了她手邊的證據後，趙詩穎忍不住了哭了出來，因為借錢的藉口差不多，連說的甜言蜜語也如出一轍。

「原來相遇不是偶然，而是劇本使然。本以為他是我的白馬王子，沒想到竟然是欺詐遊戲。」趙詩穎喃喃自語。

韓薇薇也忍不住鼻酸，安慰道：「妳就當自己踩到狗屎，每個人一生中難免會踩到幾次狗屎，擦乾淨後就忘了吧，別再和這種人見面。」

趙詩穎點點頭。

但這段感情，她想要有始有終，不能再懦弱下去了。

趙詩穎在約定的時間抵達《季節交錯咖啡館》，手中提了一個紙袋。

馬克看著袋子，心中頓時明白，買上誠摯地說道：「詩穎，妳真的是個好女人，謝謝妳願意幫我度過難關，愛上妳是我這輩子最幸運的事。這錢我會儘快還妳，之後我們再一起去旅行。」

「馬克，你誤會了，我沒有說要借錢給你。」詩穎一臉淡漠。

「為什麼？妳之前不是說過妳有一筆為數不小的存款，難道是吹牛的？還是妳對我的愛是假的？」馬克當場表演一秒變臉，原本英俊的五官，突然變得市儈油膩。

「我有，但是我不能借你。還是，你去跟珊卓借，累積到一百萬再還她。」趙詩穎不知道哪來的勇氣說道。

女人面對愛情時，有時候變得迷茫，但有時候也會變得勇敢。

「妳都知道了？王八蛋，妳現在是在耍老子嗎？」馬克因為期待落空，加上被拆穿真面目，原本儒雅的模樣，變成狂暴，一掌就要往趙詩穎臉上揮去。

趙詩穎嚇到用手擋臉。

突然，隔壁桌的男子抓住他的手，「打女人豬狗不如喔。」

馬克一臉怒氣的甩開他的手，「關你屁事。」

「當然關我屁事，我和她是鄰居，鄰居本來就要守望相助。如果你再動手，我就報警了。」男子微笑道。

聽完對方的話，趙詩穎仔細地看了一下，好像似曾相識。

馬克雖然一臉不情願，但身體倒是很誠實，連忙迅速離開。

「謝謝。不好意思，請問你是住哪一棟的鄰居，怎麼稱呼呢？」

「我叫史東，住妳隔壁棟。我常來這間咖啡館，看過妳幾次。剛剛聽到你們之間提到借錢的事情，覺得有點不對勁，所以才坐到你們隔壁桌。」史東溫和地解釋，和剛剛怒氣騰騰地抓住馬克的模樣，判若兩人。

「謝謝你的見義勇為。」趙詩穎低下頭，覺得丟臉。

「真想謝謝我，就請我喝杯咖啡吧。」史東指著因為剛剛的衝突，而掉到地上的咖啡。

「沒問題。」趙詩穎發自內心的微笑。

「謝謝啦。」史東露出陽光般的笑容。

天空烏雲漸漸散去，生活再度被陽光擁抱。

一切的遇見，都有其必然性。

為了讓自己長大茁壯，為了讓自己堅強成熟，或是為了和更好的他——相遇。

18　三十一而已

三十一而已（中）

文：雪倫湖

第二章　近在咫尺的愛情

人出生兩次嗎？是的。頭一次，是在人開始生活的那一天；第二次，則是在萌發愛情的那一天。

——雨果

天色灰暗，窗外正飄著細雨。

韓薇薇正喝著愛爾蘭咖啡，和認識多年好友孫昊瀾在古色古香的咖啡館中，享受片刻的寧靜。

她最好朋友名單中除了葛晴和趙詩穎，孫昊瀾也是其中一位，兩人相識多年，未曾吵過架。或許是兩人個性契合，或許孫昊瀾故意讓著她。

英挺瀟灑的孫昊瀾，滿腹經綸、個性謹慎溫柔，和大喇喇，直率活潑的韓薇薇，是不同世界的人。但奇妙的是，雖然個性不同，兩人相聚時卻能暢所欲言，有說不完的話題。因此，兩人感情維持多年，變成了如家人般的存在。

韓薇薇內心深處是喜歡孫昊瀾的，他懂她、理解她、包容她。

但是，孫昊瀾身邊圍繞太多喜歡他的女孩，韓薇薇知道自己不是最特別的，外型和個性不是他的菜，與其過多的心思和甜蜜幻想，不如這樣當哥兒們，相處融洽，開開心心，友誼可以更長久，更純粹。

韓薇薇與好友葛晴和趙詩穎一樣，今年都是三十一歲。她們不再是少女，對於感情，已經過了愛作夢的年紀。她希望另一半，是個能夠讓她信任又能讓她依賴的人。愛情對她來說，不是一種過程，而是一個結果。她希望找到一個能陪她一輩子的人。是故，在尋找真命天子時，她非常謹慎，不能隨心所欲，而是要三思再三思。也因此，尋尋覓覓，覓覓尋尋，迄今她仍然是單身。

突然，一個女孩高亢尖銳的聲音，打破了安靜又愜意的時刻。

「你要和我分手？是我哪裡不夠好？還是你有新歡了？」女孩情緒激動，大聲說道。

「都不是。分手和她人無關，是因為我們沒辦法溝通，常為了一些芝麻蒜皮的小事吵架，夠了，我真的受夠了。」男孩壓低聲音解釋道。

「我也不喜歡吵架，那以後我們不吵了，好嗎？」女孩低聲下氣。

「這句話我聽過無數次了，但是每次只要妳不高興，講話就開始咄咄逼人，出言不遜，不給我任何解釋的機會。我聽了也會生氣，也會受傷。」男孩冷靜地說道。

「我改，我會改，我努力改。你知道我心直口快啊，沒有惡意！」女孩著急到眼淚已經流下了。

「每次吵架，妳的台詞就是妳會改，妳下次不會。但是，無數次的爭執，讓我心力交瘁，我以前真的很愛妳。但是，漸漸地，愛情被兩人之間的齟齬，一次一次地撕扯，一句一句的拆散，現在愛情已經變了質，變了味。老實說，我真的很累很累。」男子閉上眼睛，不敢直視女孩充滿淚水的雙眸。

「累了？那我們彼此冷靜一段時間，先不要分手。如果幾天後，你還是累了，我們再來商量。我想只要有愛，還是可以挽回的，不是嗎？」她苦苦退讓，然而卻得不到任何正面的回應。

「我們這樣的對話，已經頻繁到讓人煩躁不已。唯一能解決這個困境，就是分手吧，大家好聚好散，切莫惡言相向，不要最後連朋友都做不成。我，真心地祝福妳找到更適合妳的人。」語畢，男孩痛苦又不捨地看了女孩一眼，然後頭也不回的離開。

「我不要分手，我不要……」女孩不顧旁邊還有人，邊哭邊追了出去。

韓薇薇有點心痛，有點感慨。「還好我們是好哥們，不是情人，否則，如果像他們兩人一樣，分手了連朋友都做不成，我會很傷心的。我不能想像，失去你這個體貼又善解人意的朋友，人生將會變得多黑暗。」

「那就一輩子在一起啊。放心，我不會提分手的。」孫昊瀾意味深長地看了韓薇薇一眼。

「結婚都能離婚了，更別說戀愛了。誰能保證， 愛情能永恆？我們現在這樣的關係，是最好的平衡，我很滿意。」韓薇薇微笑說道。

孫昊瀾下了一帖猛藥，「不過如果我有女朋友了，以後重心就會擺在她身上，和妳天南地北聊天的時間一定會被壓縮，不能像現在一樣。妳能接受嗎？」

「當然可以。你找到幸福，我替你開心都來不及，怎麼會計較這點事。」韓薇薇雖然面帶微笑，但內心卻沒由來的出現一絲苦澀，比黑咖啡還苦。

孫昊瀾自忖：是我表示的不夠明顯，還是她對我真的只有友情？

她沒注意到，孫昊瀾的眼神閃過一絲失落。

陰鬱的神情，如同天空的顏色：灰暗。

****

孫昊瀾對韓薇薇的感情，微妙又深刻。

他身邊有太多對他表示好感的女性，不管是明追，還是曖昧，他都毫無興趣。如果太過主動，反而讓他逃之夭夭。他很清楚自己外型優越，是吸引她們趨之若鶩的原因之一。這些女孩，甚至不是很瞭解他，卻信誓旦旦的表示喜歡他。

他雖然文質彬彬，溫和友善，但其實是個冷淡的人，對於沒意思的女孩，他不會答應和她們約會，不給人希望，才不會讓人更加失望。

但韓薇薇不一樣。

韓薇薇是個很有趣的女子，個性仗義，喜怒哀樂都在臉上，不需要猜疑，也不必隱藏，沒有過多的心眼，但也不無知。有時候很單純，有時候很世故。因此，跟她聊天時，孫昊瀾覺得很愉快，不會覺得無聊，也無須裝模作樣。然而，隨著兩人認識的時間愈來愈久，孫昊瀾覺得，他對她的情感，似乎是友人以上，戀人未滿，有時候出差時，他常常會想起韓薇薇，如果有她陪伴，該有多好。因此，不管出差或旅行，他總是有心的幫韓薇薇挑選特別的禮物。

尤其這一年來，這種感覺更加強烈，孫昊瀾常常想起她，在異地出差時，只要聽到她的聲音，會有一種安心感。幾天不見她，心中有點難耐又期待。他想確認，韓薇薇對他，是否也有一樣的感覺。

孫昊瀾對其他人都很有自信，唯獨對她，卻是小心翼翼，躊躇不前。

如果表白失敗，他擔心連朋友都做不成，漸行漸遠，最後分道揚鑣。

他不想失去韓薇薇。

孫昊瀾和好友歐陽炎聊了一下，希望能得到一些幫助。

歐陽炎是情場高手，愛情這方面他駕輕就熟，擁有豐富的知識和常識，應該能想出好的計策。

「兄弟，這還不簡單。不確定對方的心意，就想辦法確定。」歐陽炎似乎不覺得這是個難題。

「怎麼確定？」

「與現在事實相反的假設法，來得知她的反應。」歐陽炎老神在在。

「別玩文字遊戲了，快說說你的方法。」

「這是我認識的昊瀾嗎？這麼沉不住氣。其實，這招很簡單，我之前也用過。先一段時間不跟她連絡，然後找個適當的時機告訴她，你已經有喜歡的對象。看她當下的反應，答案就躍然紙上啦。如果她表情是開懷，真心祝福你，還想看看那個女孩，那表示你們就是君子之交。但如果她的表情閃過一絲的不自然，對於這個女孩是誰並不熱衷，也不好奇，甚至沒多久就藉故離開，那表示她內心是有你的存在。」歐陽炎彷彿一位心靈導師，口若懸河的講解。

「謝啦，你每次聊感情這件事時，眼神頓時充滿魅力和自信，哈哈。」孫昊瀾笑著拍拍他的肩膀。

這個計謀執行起來並不難，如果能探究出韓薇薇的心意，不啻是個好方法。

一個月後

自從上次韓薇薇和孫昊瀾的咖啡之約後，已經過了快一個月。

韓薇薇有點訝異，因為這一個月來，她很少接到孫昊瀾打來的電話，甚至有時候她打給他，也聊不到幾分鐘。

心中有種不祥的預感：孫昊瀾該不會是談戀愛了。

孫昊瀾之前提過，如果戀愛了，和自己相處的時間就會變少。

所以，他是在打預防針嗎？

她發現她竟然不願意孫昊瀾名草有主。

一想到此，韓薇薇心中突然有點酸楚和不是滋味。

「我是在胡思亂想啥？孫昊瀾對另一半要求很高，才不會輕易墜入愛河。」韓薇薇不斷自我安慰。

霎時，手機響了，打斷她的思緒。

「小薇，明天下午三點有空嗎？」孫昊瀾充滿磁性的聲音，讓人想念。

「有啊。」韓薇薇點頭如搗蒜。

「那我們三點在『季節交錯咖啡館』見面，好久沒一起喝咖啡了。」

「好啊，明天見。」對於稀鬆平常的咖啡之約，韓薇薇竟然莫名地感到雀躍。

果然，愛情使人盲目又傻氣。

只是，這次的咖啡之約，乘興而來，敗興而歸。

當孫昊瀾說出「有喜歡的人了」，韓薇薇頓時有種陷入泥沼，無法脫身之感。

她只記得她努力堆出假笑的恭喜他，然後說了很多言不由衷的話，然後，剛好葛晴打來，她隨意找個理由倉皇離開。

腦中只記得孫昊瀾笑意盈盈地說道：「我有喜歡的對象了。以後我們喝咖啡的時間就不能像以前一樣了。」

回到家後，韓薇薇把自己關在房間，腦中一陣混亂。一想到孫昊瀾對另外一女子呵護得無微不至，溫柔的噓寒問暖，韓薇薇就覺得難受。

好難受。

淚水不知道何時潸然落下。

彷彿是在告別她的孫昊瀾。

「薇薇，晚上我們要去吃韓式料理，一起去吧。」趙詩穎敲著門邀約。

「妳們去吧，我不餓。」韓薇薇有氣無力地說道。

「妳最愛的韓式料理，怎麼可能錯過。還是妳不舒服嗎？」葛晴一急，推門進去看韓薇薇是否無恙。

「妳怎麼了？」趙詩穎問道。

「怎麼辦，孫昊瀾有女友了，我的心好像糾在一起，好難過好難過。」韓薇薇見到好姊妹，再也壓抑不住情緒潰堤了。

「我之前就覺得妳們關心彼此的程度，不只是朋友，可是妳都不願意承認。其實，妳很喜歡他吧。」葛晴想到每次韓薇薇提到孫昊瀾，都神采奕奕，充滿笑容。這種神情，難道不是一種喜愛的表現嗎？

「我也覺得。妳沒啥耐性，但是只要提到孫昊瀾，妳的語氣都忍不住輕柔起來。但之前提過，薇薇都以好兄弟，好家人帶過。」趙詩穎也提出自己的想法。

「我剛開始也以為我們只是好友，但漸漸地，我發現他在我生活中愈來愈重要，但是，我在愛情裡太懦弱又太膽小，將這分不一樣的情感，解釋成知心好友，以為這樣我們就能當一輩子的知己。直到他今天告訴我，他有喜歡的人了，我才知道，他在我心中的重要性。」韓薇薇忍不住哽咽。

「他有對象了？不可能啊，我以為他對妳也有意思。否則，出差旅行除了精心挑選禮物給妳，也會送給我們巧克力，這難道不是愛屋及烏的表現嗎？」葛晴眉頭一皺，發現事情並不簡單。

「討論這些都沒意義了，他已經心有所屬了。當我知道他有對象時，我心中一陣絞痛。赫然發現，他在我心中的地位，已經不可撼動。」韓薇薇懊惱道。

「我真的很意外，我覺得孫昊瀾對妳的態度是特別的。他性格冷淡，不是喜歡閒聊或應酬之人。但是妳每次約他，他幾乎都會答應。給妳的生日禮物，都非常用心又珍貴，而且價格不斐。」葛晴認真推理。

趙詩穎附和，「對啊，孫大哥看妳的眼神，很像小說中的男主角：深邃又深情。我曾一度以為，妳們兩人會從朋友變成情人。」

韓薇薇哭喪著臉，完全不像平常大而化之，喜歡仰頭大笑的她，葛晴和趙詩穎也忍不住陪她傷感。

葛晴暗忖：難到看走眼了，我一定要查清楚真相。

****

季節交錯咖啡館

輕柔的音樂流瀉,伴隨陣陣咖啡香,讓人覺得愜意又舒適。

「孫大哥，最近薇薇變得好陰沉，都不像她了，每次提到你時，都轉移話題，你們兩人吵架了嗎？」趙詩穎假裝不知所以然的問道。

葛晴故意和詩穎佯裝不知道內情,如果孫昊瀾對薇薇有意思，言談之中必然會流露出不同於朋友的關心，假裝不知情，才能獲得更多的資訊。

「我們沒吵架啊。」孫昊瀾知道薇薇的反應，是歐陽炎提出的幾種結果中，他最希望的一種，一時之間竟然忍不住露出微笑。

這表示，薇薇的心中是有他的吧。

「但是薇薇提到你時，表情很陰鬱又有點難過，我還以為你們大吵了。」葛晴再次加碼，看到對方的微笑，她心中更加篤定。

「太好了，她為了我而難過，果然，她心中還是有我的一席之地。」孫昊瀾脫口而出。

「我聽出話中有話喔。」趙詩穎也笑了，這反應根本不像剛剛有對象的人，他的重心都擺在韓薇薇身上。

「其實，我跟她說我有喜歡的人了。」孫昊瀾決定坦白從寬。

葛晴測試道：「我以為你喜歡的是我家薇薇呢。」

「沒錯，妳果然聰明。我喜歡的人，就是她。只是，因為薇薇對我總是若即若離，不願意給予答覆。我旁敲側擊，甚至正面迎戰，都無法知道她對我是否有男女之愛。所以，只好出此下策，想知道她的反應。」孫昊瀾無奈地說道。

趙詩穎拍手一笑，「如果薇薇知道，不知道會勃然大怒還是羞怯一笑，哈哈哈。」

「應該以上皆非吧。」韓薇薇突然出現，回覆了趙詩穎的答案。

「薇薇，妳什麼時候來的？」孫昊瀾露出驚訝的表情。

「從你說『我們沒吵架時』，我就在這裡了。」

「薇薇，妳都聽到了吧。」葛晴露出一副我早知道的樣子。

原來葛晴故意請薇薇比他們提早抵達咖啡館，先坐在他們隔壁的包廂，讓她聽聽孫昊瀾真正的想法。如果結果如他們預期，薇薇可以選擇現身或離開。但是，如果結果是孫昊瀾真的有女友了，韓薇薇當然就死心，假裝沒來過。

這樣，即使失去了愛情，但是仍保有面子。

「詩穎，我們走吧，別當電燈泡了。」葛晴對薇薇示意一笑，拉著還想繼續留下來看熱鬧的趙詩穎先行離開。

兩人看了對方一眼，噗哧一笑。

都已經是大人了，在感情世界，還像小孩子一樣彆扭。

「這個爛計謀是誰提供給你的？」韓薇薇先打破沉默。

「妳也認識的，歐陽炎。他以他縱橫情場多年經驗，對我提出這個建議，可以測出妳真正的想法。」孫昊瀾像個犯錯孩子解釋道。

「這個計謀雖然差，但很有用，經驗果然很重要。」看到他的表情，韓薇薇不忍心再苛責他了。

「是很重要，但我不希望妳在這方面太過專業的。」孫昊瀾表情突然嚴肅起來。

「平心而論，因為我在這方面算是新人，所以對於你的暗示，才會一直無法決定，我不希望我真心認真的戀愛，最後慘遭滑鐵盧。」韓薇薇面帶微笑地說道。

「我表現得這麼明顯，妳竟然看不出來，我只有對妳時，才會特別有耐心。別人約我喝咖啡，我的答案通常是拒絕。」孫昊瀾難得露出傲嬌的一面。

「可能我身在福中不知福吧。」韓薇薇臉頰赧紅地說道。

「沒關係，妳會漸漸習慣這種幸福感。」孫昊瀾握住她的手，深情承諾。

韓薇薇點點頭。

午後，陽光灑落一地。

而他們的愛情，如同太陽一般，閃閃發亮，露出耀眼的光芒。

三十一而已（下）

文：雪倫湖

第三章　轉角之愛

愛情是兩個親密的靈魂在生活及忠實，善良，美麗事物方面的和諧與默契。

——別林斯基

雲迷霧鎖，烏雲密布。

大雨突然瘋狂地從天而降，讓人措手不及。

突如其來的一場大雨，沒帶傘的葛晴急忙跑到《城堡咖啡廳》的屋簷下躲雨。

這間咖啡廳離她公司很近，除了餐點之外，還有各種香濃的咖啡，所以她常常光顧。葛晴看著手錶，還有二十分鐘就是上班時間。她習慣提早到公司，最討厭匆忙打卡，只求準時到公司的行為。但是照這雨勢看來，今天遲到可能無法避免了。

「唉，只差幾分鐘就到公司了。」葛晴忍不住說道。

「小姐，這把雨傘借妳。」一個年輕男子的聲音，出現在她背後。

葛晴一轉頭，原來是這間咖啡廳的服務生亞格。

亞格外表看起來約莫二十幾歲，陽光俊朗的外表，非常受女性歡迎。

「謝謝，今天下班後我再拿來還你。」葛晴感謝說道。

「小事，不用放在心上，來喝咖啡時，如果有想到這把傘再還即可。」亞格微笑點頭。

「不，今日事今日畢，拜拜。」葛晴急忙往公司前進，再聊下去，她就真的要遲到了。

葛晴忙到加班才把工作告一段落，直到下班後才想起雨傘，但咖啡廳也關了。

隔天，葛晴一早就去咖啡廳，重點是還傘，順便買杯咖啡提神。

「你好，兩杯黑咖啡，還有謝謝你的傘。」葛晴把傘還給亞格。

昨天回去後，她發現這把傘是限量版，價格昂貴，於是今天趕緊拿來歸還。

「要搭配三明治嗎？只喝黑咖啡對身體不好喔。」亞格貼心說道。

「我早上很少吃早餐。對了，這杯咖啡請你，謝謝你借我傘。」葛晴把一杯咖啡遞給亞格，拿著另一杯咖啡急沖沖離開。

亞格望著葛晴的背影，若有所思地說道：「很棒，真的很獨立，還不喜歡欠人人情，不占別人便宜。」

亞格見過葛晴好幾次，給人的感覺是個獨立自主的新女性。有時會獨自喝著黑咖啡，坐在窗邊沉思，此時，她給人感覺是冷淡孤單，生人勿近，自帶氣場。有時候會和好友一起來喝咖啡，卸下心防的她，笑起來天真單純，跟之前截然不同。讓他印象最深刻的，是幾個月前發生的事件。

那天，一位婆婆突然走進咖啡廳，向客人推銷蔬菜，她的衣服有點破舊，頭髮有點髒亂，懇求的跟客人說道：「今天生意很差，可以幫幫我買些蔬菜嗎？拜託拜託。」當時，客人不是揮手表示拒絕，就是露出嫌惡表情。亞格應該要向前請婆婆離開，但他心軟不忍心，於是躊躇不前。

此時，讓他訝異的事情發生了。

葛晴主動向前跟婆婆說道：「婆婆，妳的蔬菜看起來很新鮮，全部賣給我吧，我剛好有需要。」

「全部嗎？妳等等我喔，小姐，妳真的很好心，謝謝。」婆婆一臉感激，隨即走到咖啡廳外，進來時手上又多了幾袋蔬菜。

葛晴神色並未露出不悅，笑笑地付完錢，並請婆婆喝了一杯果汁。

亞格看在眼裡，有種難以言喻的暖流，在心中流竄。

其實，在她冷漠成熟的外表下，有一顆比誰都柔軟的心吧。

從此，亞格開始對葛晴除了好奇，又多了點讚賞。隨著時間流逝，慢慢累積成了無形的好感。

****

自從上次還雨傘後，亞格有陣子沒見到葛晴了。

他知道她是個主管，工作很忙，但忙到連喜愛的咖啡都沒來喝，可見早餐應該也沒好好吃吧。

幾天沒見到葛晴，亞格竟然發現，他常常會想起她。

之前葛晴曾打電話請他們外送過咖啡，所以亞格知道她的公司和電話。未加思索，他帶了一份三明治和咖啡，拿到葛晴公司，請總機轉交。

亞格不明白為何這麼唐突，但就是沒由來的想這麼做。

葛晴一進到辦公室，總機小姐曖昧地說道：「有個小帥哥請我把早餐轉交給妳喔，溫馨早餐情，好浪漫喔。」

葛晴一臉狐疑，連忙否認，「別瞎說，我喜歡的是成熟男。」

打開紙袋後，三明治上貼了一張紙條：

> 早餐很重要，不管多忙碌，都不能不吃喔。雞肉沙拉三明治和黑咖啡，讓妳活力充沛。如果想要點餐，請直接撥我的手機：0900-xxx-xxx，使命必達。
>
> by 亞格

「小朋友。」葛晴雖然嘴裡這麼說，但心裡卻有莫名的觸動，他竟然記得自己最愛雞肉三明治和黑咖啡。

她想起剛出社會時，曾經短暫戀情，對方甚至連她最愛喝哪種咖啡都不知道，永遠以他自己為主。

連續幾天，葛晴都收到亞格的愛心早餐。

葛晴嘴裡雖然抱怨，但都乖乖的把早餐吃完。

再這樣下去，她擔心會受到亞格吸引，甚至愛上他。但是，她對感情有一定的規劃，不談姊弟戀，畢竟年紀不小了，沒有多餘時間揮霍。找一個和自己門當戶對的男人交往，之後步入禮堂。不能因為這個程咬金，讓她人生的方向出現迷航。

思考的很久後，她決定把早餐錢一次付清，和對方說清楚，請對方停止這種貼心舉動，順便劃清界線。

理智告訴她這是對的，但內心一絲的不捨，又是為什麼呢？

葛晴打了通電話約亞格晚上八點到《城堡咖啡廳》附近的速食店碰面。

「你每天送早餐給我有什麼目的？」

亞格一臉無辜，「我沒有目的，只是單純覺得妳不太會照顧自己，所以發自內心想這麼做。」

「好吧，這不重要。今天約你出來，是想還你早餐錢。這是這幾天的早餐加咖啡錢，麻煩收好。」葛晴把信封遞給亞格。

「這些早餐是我自願請妳的，不是為了賺錢。」亞格搖手拒絕。

「小朋友，你聽清楚了。第一，你賺錢很辛苦。第二，我不喜歡欠別人人情。第三，我跟你非親非故。所以，把錢拿走，以後不要再送早餐了，我不喜歡。」

「我叫亞格，不是小朋友。」亞格不但不動氣，甚至還自我介紹。

「我知道你叫亞格。我看你比我年輕幾歲吧，就是小朋友。」葛晴沒好氣說道。

「我今年 27 歲，妳應該比我大不到五歲，所以我們是同齡人，我身強體壯，可靠睿智。老實說，我觀察妳一陣子了，對妳有很好感，我知道妳沒有男友，所以我希望妳給我一個照顧妳的機會。」亞格知道葛晴記得自己名字，心中更加踏實。

「第一，我不和年紀比我小的交往，所以，你別浪費時間在我身上了。第二，你把早餐錢拿走，剩下的就當成是你跑腿了小費，我們互不相欠。記得，不要再來送早餐了，不然它們的下場就是垃圾桶。」葛晴說完，直接把錢放到桌上，頭也不回的離開。

只是，一向以自恃冷靜的葛晴，卻發現往前的腳步莫名維艱，不若之前瀟灑。

應該是沒吃晚餐，飢腸轆轆吧。

她想。

一星期後

葛晴剛開完會，有點疲倦的她，喝著咖啡提神。亞格這幾天真的都沒有送早餐，是他太聽話，還是自己拿錢給他的行為傷到他了？

葛晴的理智告訴自己別再胡思亂想，因為是她叫他別送早餐。但是葛晴的感性，卻有點期待且捨不得。

亞格的貼心和細膩，的確讓人感覺到備受呵護。

這種感覺，的確很好。

此時，手機突然響了。

「晴，我十一點會到你公司附近拜訪客戶，十二點十五分我們約在《城堡咖啡廳》，一起吃頓午餐吧，不能拒絕我喔。」韓薇薇在電話中熱情邀約。

「好啦。」葛晴應允。

十二點十分時，葛晴已經坐在《城堡咖啡廳》。她習慣準時，所以通常都是早到的那一位。

一進門她就看到亞格，對方看了她一眼，堆出勉強微笑，禮貌疏離地替她帶位。

亞格的反應，在葛晴預料之內。

畢竟自己說得清楚又無情，他應該不好受吧。

「葛晴，抱歉我遲到了。來，介紹一個朋友讓妳認識。」葛晴一抬頭，看到薇薇不知何時出現在她前面，旁邊還站了一個相貌堂堂，年約三十幾歲的陌生男子。

「葛晴，我之前和你提過，清秀努力的女強人。」韓薇薇對身邊的男子介紹葛晴。

「這是我同事莫森，是個勤奮認真的富二代。」韓薇薇半開玩笑說道。

「妳好。」莫森禮貌點點頭。

「你好。」葛晴猜測，薇薇該不會又想扮紅娘了？

果然，韓薇薇點完飲料就藉口要拜訪客而溜走，故意製造兩人獨處的機會。

因為已經點完餐點，葛晴和莫森找不到馬上離開的理由。

韓薇薇知道葛晴不喜歡這樣的場合，不過莫森含著金湯匙出生、加上外表頗佳、工作很踏實，的確是不錯的對象。為了好友，她承擔可能被罵的後果，說不定能成就一個好姻緣。

韓薇薇一走，葛晴和莫森尷尬的看著彼此。

莫森突然說道：「久仰大名。」

這句老派的問候，讓葛晴忍不住笑了，「你不覺得很老派嗎？」

「的確，我們這樣的見面也很老派，薇薇的假裝離開也很刻意，哈哈。」莫森知道韓薇薇的用意，幽了她一默。

「你知道她是故意的？」莫森的坦白和爽快，讓葛晴的卸下防備。

「她很直率。看妳的反應，我知道妳應該也是在不知情的情況下，來參加這次的午餐之約。」 莫森挑眉一笑。

「是的，你觀察力不錯。」葛晴點點頭，表示讚賞。

亞格在一旁淡漠地看著兩人愉快的交談，心中莫名的醋意。

「我還觀察到一件事。」莫森神祕地說道。

「什麼事？」

「那個服務生的眼神，對我不友善到爆。但是剛剛送餐時，看妳的神情，卻是溫柔似水。妳和他有故事嗎？」莫森小聲問著。

他過人的觀察力，讓葛晴感到佩服。

「故事還沒開始，我也沒打算讓它開始。」葛晴簡單的說明經過。

莫森有一種能力，能讓人把心事，全盤托出。雖然是第一次見面，卻彷彿是舊友，滔滔不絕。

「感情的事情不容我置喙。但是，當妳提到他時，眼神是亮晶晶的，我想，或許妳對他並不是那麼毫不在意吧。我想告訴妳，愛情不應該受身分，年紀和條件的束縛。」莫森誠懇地說道。

莫森跟葛晴說了一個不能公開的故事。

是關於莫森的感情。

第一次見面，兩人相談甚歡，莫森給了葛晴很多不同的想法和意見。

這是葛晴始料未及，她並不是一個自來熟的人，但這場午餐之約，因為莫森的親切和健談，不但不乏味枯燥，反而歡樂有趣。

只有亞格，一個人獨自承受難過和失落。

他想，他應該是出局了。

亞格決定之後避開葛晴來咖啡廳的時間，避免和她見面，或許會漸漸忘記她。

和莫森聊完天後，葛晴的想法悄悄地改變。

莫森對愛情的勇敢，是她永遠做不到的。

回到家後，葛晴思考了許久。

她對愛情是不是太過保守，或是對愛情條件太多？愛情，難道不是心靈契合比較重要嗎？即使條件相當，如果沒有愛，也是徒然。

對亞格，或許不需要表現拒人於千里之外。

午餐之約後，葛晴到《城堡咖啡廳》幾次，美其名是買咖啡，但其實是想看看亞格的態度。

只是，都沒看到亞格。

難道，他離職了嗎？

葛晴壓抑住內心突如其來的沮喪，卻提不起勇氣詢問其他服務生。

愛情就是你追我趕，當我不想趕時，對方卻已經悄然離去。

她最愛的咖啡，味道突然變得苦澀難以入喉。

****

時光匆匆，已是冬季時分。

又是忙碌的一天，葛晴下班時已經夜幕低垂，肚子突然發出聲響。

葛晴看了看手錶。「啊，八點多了，難怪肚子抗議了。如果現在能吃到辣子雞丁飯再加上一杯咖啡，該有多幸福啊。」

「給。別忘了，妳的幸福是我給的。」熟悉的聲音在響起，在夜裡，更加低沉迷人。

三個月未見的亞格，突然出現，還帶來她最愛的把雞丁飯和咖啡。

亞格雖然開著玩笑，但神情卻是嚴肅的。

看到亞格，葛晴一陣悸動，默默地把食物接過來。他對自己的確用心，連她最愛的食物和飲料都記得清清楚楚。

他的貼心和善解人意，讓葛晴忍不住心動。

「亞格，好久不見，最近好嗎？」葛晴忍不提高音量住說道。

「不好。妳呢？有對象了嗎？」亞格淡淡問道。

「沒有，我工作那麼忙，誰願意和一個二餐不正常的女人交往？」

我啊，亞格默默在心中回答。

「上次在咖啡廳，朋友介紹的那個男人呢？他看起來和妳很匹配啊，而且你們似乎很有話聊。」都過了三個月，亞格以為自己已經調整好了，但還是忍不住酸溜溜。

「你是說莫森嗎？的確是很好的對象，年紀比我大，是個富二代，最重要的是人幽默又有內涵，和他聊天很愉快。只是……」葛晴發現亞格臉色越來越難看，不再逗他。

「只是什麼？」亞格雖然對這話題很介意，但是為了不想結束話題，忍住怒氣問道。畢竟，這是兩人第一次聊這麼久的天。

「只是，很可惜我不是男的。」葛晴眨眨眼，一語雙關。

「原來如此。」亞格很聰明，馬上聽得懂暗示。第一次看到葛晴淘氣的一面，他發現葛晴對他有點不一樣。

變得沒有防線，變得比較親近？

對，雖然三個月未見，但兩人之間的感覺，卻更加親近。

亞格本想藉由時間沖淡他對葛晴的情感，但是這幾月他過得並不好。

明天，是他的生日，他突然想起葛晴，想聽到她跟他說一聲：生日快樂。

亞格買了她最愛的辣子雞丁飯和咖啡，不由自主地走到她公司附近，說不定幸運之神會眷顧他。

沒想到，真的遇到葛晴。

亞格發現，葛晴似乎比之前還要能接受他，看來，他離她的心又踏進一步。

亞格定定地看著葛晴，讓她有點不好意思，連忙問道：「你呢？找到新工作了嗎？」

亞格搖搖頭。

「這幾個月你沒收入，生活還過得去嗎？」葛晴皺著眉頭問道。

「為何突然對我這麼關心？」亞格決定單刀直入。

「因為我覺得你的消失，應該和我有關係，我覺得有點內疚。」葛晴避開亞格的眼睛回覆。

「如果真覺得內疚，那就答應我一件事。」亞格露出帥氣可愛的笑容。

「如果我辦得到的話。」葛晴點點頭。此刻她不像是女強人，反而像是個情竇初開的女孩，喜怒全寫在臉上。

「當我女友。」亞格突然向前一步，牽住葛晴的手。

讓他意外的是，葛晴雖然有點緊繃，但並沒有甩開他的手。

「比起這個，你的工作更重要。你離開《城堡咖啡廳》後，都沒工作嗎？」

「我沒離開啊。」亞格賣賣關子。

「但是你這麼久沒到咖啡廳，難道老闆不會炒你魷魚嗎？」葛晴不解。

「我怎麼炒自己魷魚？難道妳不知道，我是《城堡咖啡廳》老闆，我爸投資的，因為我很愛喝咖啡。」

葛晴大吃一驚，搖搖頭，「我又不是你的迷妹，對你一無所知。」

「沒關係，以後我們有的是時間，我會讓妳從一無所知變成完全掌握。」亞格開心說道。

「我餓了，先找個地方吃飯吧。」

「好啊，我們邊吃邊聊。對了，明天是我生日，妳知道我今年的生日願望是什麼嗎？」亞格覺得自己好幸福。

「什麼？」

「我的願望已經實現了。聰明如妳，應該知道了。」

葛晴羞紅了臉，點點頭說道：「人生七十才開始，而我的愛情三十一才露出曙光。」

「沒關係，三十一而已。」亞格溫柔回應。

亞格拉著葛晴的手，漫步在月光下，天氣雖然冷冽，但兩人的心，卻充滿溫暖。

因為，愛情來了。

越上心頭（上）

文：曼殊

第一章　月老廟求籤

飛簷殿宇雕鏤的寺廟，莊嚴地聳立在藍天下，天氣已經入秋了，但陽光熱度仍強烈地照在柏油路上，沿著人行道一排二層樓高的行道樹，圍繞著這座遠近馳名的月老廟，不論何時來訪，廟內經常簇擁著善男信女。

「祝我早日脫離苦海，再不必管公司內烏骨雞類的鳥事了，再不必管誰的咖啡飲料要幾分糖，便當要吃素吃葷之類的綠豆小事；再祝我早日覓得如意郎君，兩人可以四處遊山玩水，又可以共度難關，求月老大神幫幫忙！我以後每個月都來給你上香。」蘇若笙跪在月老殿前，向神明傾吐著內心的煩惱和心願。

祭拜完畢，蘇若笙又往籤筒內求得一籤，籤詩內容寫道：

「鸞鳳翔毛雨淋漓當時卻被雀兒欺

驚教一日雲開遠依舊還君整羽衣」

籤詩之解釋為：「小人日盛，君子莫為，只宜守己，待時施為。」

詩文在告訴蘇若笙，現階段莫要強作為，等待時機到來，就會像鸞鳳一樣自在飛翔於天，眼下尚需時間醞釀機會，至於何時才能撥雲見日，有個出頭天，卻是未知數！

當生活和工作煩悶時，蘇若笙習慣了來拜拜，拜拜完之後，她會暫時將難以釋懷的事拋開，又重新樂觀地面對人生。

「蘇小姐，妳怎麼回事，連訂個便當都可以搞錯數字，公司同事好不容易決定吃飯方便一點不必大熱天跑出去吃中飯，就麻煩妳訂個便當，這麼簡單的事也能搞錯。」總務處長沒好氣地對她發飆著。

「不好意思，我的便當補給那位同事吃好了。」蘇若笙道歉著說。

「那當然妳要負責了，下回給我注意點。」

「是。」蘇若笙心想，明明是便當店自己記錯數目，我明明跟她講 35 個便當，7 個素的不要肉，28 個葷的，排骨 10 個，雞腿 18 個，這下全怪我。

蘇若笙一路想著，最近不順的事，實在太多，所以才想來求個心安，拜拜完之後，不如到附近的算命街，請老師指點一下。

她走著走著，眼前突然出現一條掛著紅燈籠的街道，她順勢走進一條僻靜的小巷子內，看見一個精緻的木頭招牌，上面用隸書體寫著斗大的「解憂專家」，下排刻著「美夢成真」四小字。

此刻她的確希望能有個忘掉憂愁的地方，推開門進去，屋內有一櫃檯，此刻沒看見人，旁邊放著一套古式的木頭桌椅，櫃檯桌上有個小鈴鐺，上面貼著一張紙條：「有事請叫我！」

蘇若笙拉了拉鈴鐺，清脆的鈴聲立即在這靜謐的空間散發出，一位滿頭白髮的老人，從裡面出來，一邊大聲唱著：「世人只道神仙好，那知做人就像數來寶，煩惱都是自己找。」

白髮老人唱完，望著蘇若笙說：「閣下想必又有什麼不如意的事，讓我猜猜，不外就是工作、感情、家庭不順。」

蘇若笙點點頭：「我希望有份好工作，在社會上有個好地位，再有一位知心的男友陪伴我，這樣我人生就圓滿多了。」

白髮老人笑了笑說：「既然妳有緣進了這門，我就讓妳的美夢成真。」說完，那位白髮老人，拿出一個透明圓形瓶子，告訴她：「妳回去服下藥水之後，就會改變自我，變成一位有作為的女強人，還會碰到心儀的男子。」

「是嗎？」蘇若笙不敢相信有這麼神奇的事！正當她手握藥水，想再問那名白髮老人有關姻緣的事時，眼前的房子突然消失，等她回過神來，發現她正站在大馬路邊，手上拿著一個圓形瓶子，她四處張望著，那些紅燈籠全不見了，包括那位白髮老人。

第二章　開始改變

蘇若笙猶豫地將那瓶藥水加到咖啡裡，慢慢地把她喝乾淨，她望了望鏡子，覺得自己沒什麼不一樣，突然之間，疲乏感朝她侵襲而來，她陷入了昏睡之中。

深沉的睡眠之後，她變得精神抖擻，睡了很沉的一覺，她開始覺得自己看起來不太得體的樣子，先是穿著太過暗色系，顯得暮氣沉沉，還有皮膚缺水，她十分不滿意自己的狀態。

她進到美髮院，將頭髮稍微剪短些，又換上了米白色套裝，搭著小細跟鞋，感覺打扮的較有氣場。

進到辦公室內，她照例坐在自己的位置上，總務主管交待她：「上午 10 點要開會，請妳到現場錄音作筆記，記得準備九人份的茶水。」

蘇若笙也不答腔，只掃了主管一眼，就逕自去忙自己的事了。

主管心頭一震，覺得蘇若笙今天怎麼帶著壓倒性的脅迫感呢？

九點半一到，蘇若笙到茶水間準備飲料，她煮了一壺咖啡，一壺茶，再準備九個杯子，要喝什麼，讓他們自己倒就可以了。

健康油製造廠「雲上」公司又要來開會，高層到蘇若笙所屬的寶格公司訓練業務行銷人員，雙方經常召開業務會議。

今天蘇若笙特別打扮一番，顯得神采奕奕，她坐在最前面的位置做筆記，同事們紛紛入座。

斯文俊秀的雲上高層杜越風，此刻站在台上說：「我不希望用工時長這點，來展現效率和責任感，只要你們業績好，有效率的賣掉產品，一天只要工作三小時就夠了，其它時間要注意培養新知，培養口才，培養氣質，讓客戶對我們雲上留下好印象，無形中就是對產品最好的宣傳。」

的確，公司同仁在下面議論紛紛，杜越風高大健朗的外形，有力的談吐，很容易令人留下深刻的好印象，連蘇若笙也不例外。

「請問在座的各位，誰有保持優良的閱讀習慣呢？」環顧全場在座人士，舉手的寥寥可數，蘇若笙高舉著右手，杜越風朝她望了望說：「很好，準備茶水的小姐，竟都保持高度的學習精神，未來前途一定光明。」

杜越風問蘇若笙：「你知道行銷在做什麼嗎？」

蘇若笙回答：「也許一般人認為行銷只是賣產品，但更好的做法是如何讓你的產品內容顯得更有價值。比如不要光賣牛排，也要賣那滋滋作響的聲音！如果要賣咖啡，要讓客戶彷若置身田園風光般，一杯會散發自然的濃郁香草風味咖啡！像在闡釋產品時，最好學會能激發客戶的五感（聽覺、嗅覺、味覺、觸覺、視覺）共用。」

杜越風聽了之後說：「蘇小姐，這正是我不斷灌輸給業務員的一個觀念！」

蘇若笙在心裡暗自竊喜，為了引起杜越風的注意，每次會議記錄，她都十分專心作功課。

杜越風又讚美地說：「蘇小姐不做業務太可惜了，我會建議妳們主管，把妳調到業務部門試試看，業務行銷是一門很有挑戰性的工作，歡迎妳加入！」接著杜越風又繼續發表：「行銷也不是只靠打廣告，我們這項傳統產業，也必需跟上時代的步伐，認真經營社交媒體，像部落格之類的「內容行銷」，發表一些對消費者有幫助的內容著手。」

蘇若笙專心地聽講，看著杜越風在台上淘淘不絕的演說，她環視了一眼這些業務同仁，個個都是精挑細選出來，不能太胖太難看，還必需有一定學歷，蘇若笙想著轉當業務也不錯呢！

第三章　遊戲人間

入喉嗆辣微苦的威士忌，帶著一股迷人的煙燻味，杜越風一小口一小口緩慢地品著，一邊與熟識的調酒師小鄧閒聊。

小鄧問他：「好久沒看見你帶女朋友來玩了，怎麼，又空窗期了嗎？」

杜越風略帶陰鬱的神情，又喝了一口酒說：「剛開始交往的時候，還有新鮮感，聊不完的話題，認識久了，愈相處愈沒趣，倒不如散了好。」

小鄧說：「相處久了，當然熱戀會變淡，這時候反倒是培養細水長流的感情，真心互相陪伴為主，看你一個人很無聊吔！」

杜越風冷笑了一聲：「女人都很無聊，成天只在乎一些保養美容，逛街購物，沒什麼小路用的事一堆，要不就婆婆媽媽，出門要防曬。」

這回換小鄧笑了：「原來你想找個能陪你晒太陽，能談事業，不愛逛街購物的女人。」

杜越風想了想說:「嗯！這種女人倒比較有意思,有頭腦,有豪情壯志，能陪我大步披荊斬棘。」

小鄧搖搖頭：「最好墾荒你自己去，大部分女人不會願意跟著男人吃苦。」

杜越風煩燥地吞了一大口酒，乾咳了幾聲之後說：「那我就繼續遊戲人間嘍！直到找到真命天女，願意陪我吃苦。」

小鄧不解地問:「你財力雄厚,那裡需要陪你吃什麼苦呢？挑對象誰不是挑身世家業為主，再來看個性合不合適，不合適也可以遷就對方。」

杜越風不可置信地搖搖頭說：「改變自己的本性去遷就對方,那裡是真愛呢？那不成了迎合和配合了嗎？我可不要找個應聲蟲或跟屁蟲當我的女朋友呀！要有真性情,獨立的品格才行！」

小鄧說：「唉！找對象有時很難，真要挑起來，也許一輩子也挑不著一位，如果不怎麼挑，願意遷就配合的話，倒是不難找。」

杜越風喝了最後一口酒，在酒吧內轉了一圈，發現大部分人都是成雙成對，或者三五成堆的在喝酒，看起來熱熱鬧鬧，他對小鄧說：「無聊要找玩伴，倒是容易得很，唉！今朝有酒今朝醉，明日愁來明日當。」

「再來一杯威士忌，我打個電話給玉琳，叫她出來陪我。」杜越風熟稔的撥了電話，小鄧聽他半帶著命令的語氣說：「玉琳，我現在在「老爹俱樂部」，妳過來一趟，有些事找妳聊聊，妳大概要多久時間，愈快愈好！」

放下電話後，杜越風朝小鄧眨眨眼說：「我想起來了，要找人談健康油拍廣告的事。」

小鄧遞上威士忌，半開玩笑地說：「我以為是你女朋友，小心不要喝太多了。」

杜越風啜了一口酒，半個身子癱在吧檯邊說：「玉琳是廣告公司的經理，為了談生意，我教她做什麼都可以，生意至上啊！」

小鄧嘆了口氣說：「談生意講的是利益，不像談戀愛大都憑感覺，當你真正愛上一個人，你會有一種很親切的感覺，他讓你覺得很舒服、可以信任，甚至比一個家人更親密，這是親密加上一種溫馨的感覺。」

杜越風半開玩笑地說：「你講的好像跟大媽談戀愛一樣，什麼親切感？虧你想得出來。」

小鄧說：「有一種致命吸引力的戀愛感，對方給你太多壓力，那種感覺雖然是愛情，但我心臟受不了，我要的感覺是親切溫馨，可以自然相處這樣子的，那你呢？你要的感覺是什麼呢？」

杜越風喝了一口酒，略帶遲疑的語氣說：「那得遇上了才知道，我從未設想過什麼感覺呢！」

小鄧說：「你總有喜歡的類型之類的，比如喜歡長什麼樣，什麼個性，什麼家世，什麼才能，總想得出來的吧！」

杜越風說：「我在這部分缺少想像力，玫瑰有玫瑰的嬌豔，薰衣草有薰衣草獨特的美，每種女人都有不同的魅力，只要能吸引到我，有話可談，當我的好朋友和好伴侶一樣，不像有的女人，不能談心裡話，或者對事的看法，相差太大，感覺不夠貼心。」

小鄧說:「也有日久生情這種緣份的,多留意身邊的人吧！也許，有意外發生也不一定！」

杜越風說：「我看不如多花心思在事業上，有事業才有女人！」

小鄧說：「成家立業沒有先後順序，你也不希望女人是看在錢的份上，才跟你交往吧！總歸是緣份未到！」

第四章　業績表揚

「西伯利亞嚴寒貧瘠之地,蘊育出堅強生命力的好植物—沙棘果，吃了這種果實之後，成吉思汗的的部隊，屢次征戰都獲勝，連俄羅斯的外太空人都將沙棘油帶上外太空，由於抗輻射線，含有抗癌及美容成分，內服外敷都適宜。」蘇若笙在電話裡，向客戶介紹沙棘油的好處。

她渡過三個月的開發艱困期,如今總算撥雲見日,努力的成果顯示在業績上,她成了業務單位的一匹黑馬,猶如成吉思汗麾下的戰馬，吃了沙棘果油之後，變得剽悍驍勇善戰般。

業務單位每天的晨訓，幾乎都是在激發他們內在的戰鬥力和好勝心似的，蘇若笙時刻把業績掛在心上，更時刻不忘告訴客戶，這些保養油，吃了的確對健康很有幫助。

「人生在世，有什麼比健康和美麗更重要的呢？」蘇若笙這句話往往打動了客戶的心。

「油內而外，豐富生命的好油有四種，沙棘果油、印加果油、黑種草籽油、紫蘇油，四大美人組合，試用品特價千元有找。」杜越風拿著最新製作的 DM，告訴業務同仁，為了擴充市場，最近公司推出試用組，限量二萬瓶，請大家趕快把握機會賣產品，過了優惠期就買不到了。

業務部一姐的洪曉蕾，穿著開到大腿的裙子，腳蹬細尖跟鞋，手拿 PRADA 袋子，搭配細條紋西裝外套，流露十分嫵媚的氣息，不斷朝著杜越風微笑。

杜越風公司今天表揚業績優良的人員，洪曉蕾快速地走上台，拿走杜越風準備的禮物，SOGO 百貨一萬元禮券。

如果洪曉蕾像急流湧瀑般的氣勢如虹，蘇若笙就像一渠清涼潺緩的小溪，穩紮穩打，慢條斯理卻又掌握效率般的，進入業績前五名榜單之內，她的業務能力，逐漸地吸引了杜越風的注意。

「接下來，最佳進步獎，禮券三千元，我們歡迎蘇若笙上台。」杜越風朝她打氣：「聽說妳講電話講到喉嚨沙啞，假日還來加班，精神可嘉，非常值得獎勵。」

蘇若笙以充滿感性的語調說：「反正假日我也沒什麼事，倒不如把心力放在工作上，努力付出就可以見到收獲。」

杜越風表示讚許說：「努力固然重要，但我希望同仁要把身心調適好，不必過分的賣力，不然容易出現彈性疲乏。」

蘇若笙繼續保持著緩慢斯理的語氣說：「我現在滿腔熱血都放在工作上，好像比談戀愛還上心。」

業務部大哥陳鴻，朝蘇若笙擠眉弄眼地說：「這都拜杜越風的魅力，只要她往台上這麼一站，不分男女老少都……，」說到這裡停頓了一下，接著大拍手地說：「像成吉思汗的戰馬一樣，甘願賣命啊！」

洪曉蕾又朝杜越風拋媚眼，其它的男女業務也不約而同的附和著：「杜老大可是業務的常勝軍，不僅會跑業務，還能把行動力化成理論，教導大家做出好成績。」

「是啊！以前我也覺得跑業務只要訓練口才，但我現在覺得要訓練的東西太多了，像一下子就能博得客戶好感和信任感的培養，才不容易呢！」

業務單位散發的活力，感染了蘇若笙，她也附和著同事說：「不知該如何培養出令人難以招架的魅力呀！」

蘇若笙發現有的人一眼就能令他人感受到魅力，像杜越風就是這種人；有的人則需要經過相處一段時間，才能培養好感，才看得出魅力來，像她自己就屬於後者。

蘇若笙在心裡盤算者，如果喜歡杜越風這種才子型的風雲人物，自己可得加把勁，才有能力得償所願，她在心裡不斷地幻想著：「有朝一日可以嫁個好人家，既有錢財又有人才，兩人過著稱心如意的生活，那該多幸福呀！」想到這，她不自覺地也朝杜越風微微一笑。

杜越風在台上仔細地觀察這些同事，發現蘇若笙朝他笑得別有心機的樣子，遂又開始正色地說：「別忘了，每天都要保持進步哦！今天比昨天進步，明天比今天進步，唯有不斷的成長，收入才會成長！人生永無止境。」

蘇若笙聽了，似有所悟，她也希望可以衝破自身的束縛，追求到自己想要的人生。

越上心頭（中）

文：曼殊

第五章　分享詩文的晨讀

「針對業務同仁反應，每天不停的說話，自己感到好像內在都被掏空了一般，有時說到詞窮，介紹產品千遍一律的用詞，缺乏創意與靈感，今天我就特別請大家來誦讀一段詩文，希望大家立意新穎，經常都有別出心裁的表現。」杜越風坐在會議桌前說。

「那今天就請大哥陳鴻帶頭，分享一小段文章給大家聽。」杜越風看著陳鴻說。

洪曉蕾、蘇若笙，以及其它業務同事手中都拿著一本書，有的低頭看書，有的做筆記。

陳鴻說：「我最近感到自己缺乏感性細胞，所以特別挑了一小段充滿萬千柔情的小語，分享給大家。」

大夥兒都笑了笑鼓掌，陳鴻開始朗誦：「無羈是我自由的毫竹，放蕩是我自由的濃墨，我在繁華葉茂的夏，書寫不朽而冷暖自知的生命。無邪的生命純淨如水，多欲的生命邪惡如魔；無憂的生命明亮如月，多愁的生命善感如詩；樸素的生命平淡無奇，卻無比的自由快樂；絢麗的生命多彩多姿，卻空靈而寂寞。韶光易逝，世事無常。年輪不在深淺，而在於超乎名利世俗的意義。」

杜越風問大家，聽了有什麼感覺呢？

蘇若笙安心想表現似的，立即舉手說：「由陳大哥挑選的詩文，我發現他宛如散發少年自由無羈、放蕩豪邁的情懷，雖然我們處在繁華熱絡的商業街頭，但有時也會嚮往樸素無華的鄉居歲月；雖然我們身處名利場上，但有時也會想放下這些俗世的追求，過一段平淡無求的人生。我聽了之後，感到不過分執著，懂得適度放下的必要，在追求業績的同時，也不忘提醒自己，盡力就是完美。」

說完，大家鼓掌，杜越風說：「分寸掌握在大家手中，有時適度放下，反而能發揮更好的效果。」

接下來，洪曉蕾分享了詩人余光中的情詩《等你在雨中》：

「尤其隔著黃昏　隔著這樣的細雨

永恆　剎那　剎那　永恆

等你　在時間之外

在時間之內　等你　在剎那　在永恆

如果你的手在我的手裡此刻

從一則愛情的典故里你走來

從姜白石的詞中　有韻地　你走來」

唸完之後，大家起哄問：「等誰呀！」

洪曉蕾風情萬種地朝杜越風眨眼說：「等杜老大呀！」杜越風也頗識情調地回應：「隔著風雨等情人，更顯有情。」

陳鴻也不自覺地唸了一句：「我在無情的荒地等待有情的一天。」

洪曉蕾白了陳鴻一眼，不管他拋來的暗示。

現場沈寂了一會之後，蘇若笙接著表示：「接下來，我為大家分享，我最喜歡的古代文豪—蘇東坡的《定風波》。」充滿感性的語氣，向來是她的拿手絕活，她悠緩的吟唱：

「莫聽穿林打葉聲，何妨吟嘯且徐行。

竹杖芒鞋輕勝馬，誰怕？一蓑煙雨任平生。

料峭春風吹酒醒，微冷，山頭斜照卻相迎。

回首向來蕭瑟處，歸去，也無風雨也無晴。」

蘇若笙解析詩文內容：「蘇軾〈定風波〉這一闋詞，展現著在官場被貶謫之後，自己對於生命有更豁達轉化的紓解；雖然心境是也無風雨也無情，但生命的行腳卻承載著既是風又是雨的跡痕。現實生活中，不如意事侵擾之時，我總會想到這句「誰怕！一簑煙雨任平生」的豪邁，或者「歸去，也無風雨也無晴」的淡然自若心境，往往難題就變簡單了，人生在世，不外乎是生存好不好的問題，只要記住這兩句詞，我就覺得日子好過多了。」

同事聽完之後，紛紛鼓掌以示獎勵，杜越風說：「業務部門容易經歷較多的風雨，能像蘇小姐分享的常保有這種不畏世路艱難的心境，更難能可貴，不過，我也希望大家要記住一點『業績很重要，但不是最主要』的因素，只要大家工作開心，覺得人生有價值有意義，不一定要賺很多錢才算成功。」

有的同事聽了表示：「那是你賺多了，可以站在高處講這種不食人間煙火的話，像我們每個月都不夠用，不努力賺錢怎麼生活呢！」

蘇若笙也說出了內心的想法：「有時內心充滿矛盾，一方面嚮往俗世追求般賺大錢，一方面又希望過簡單自然的田園生活，放下過多的慾念，唉！做人隨時都要修煉，一念生萬象。」

杜越風若有所思地看著蘇若笙說：「蘇小姐，似乎對人生的體悟頗深，我總覺得業務單位太多的訓練都是教大家『只追求數字』，但這種訓練只是表面而已，你們要真正達到像蘇小姐所說的心境的練習，找出幾句座右銘，時刻提醒自己，該提起或放下的智慧，要靠自我修煉！」

第六章　廣告拍攝選角

「玉琳，妳選的模特兒太瘦太像明星臉了，我們拍的是健康油的形象，我希望中等身形，不太胖也不太瘦，笑起來清新親切自然舒服為主。」杜越風看了玉琳挑選出的五個模特兒，深表不滿。

玉琳說:「既然你訴求的重點，不適合專業表演的模特兒，倒不如挑選你們內部員工如何呢？有時素人的專業人士表現，反而較有說服力。」

杜越風此時腦子裡浮現出一個人的樣子，低眉淺笑，說話語調婉約，步調慢慢的，隨時都像準備好聽人講話，或開始說話一樣，事前做十分準備的功夫，工作頗有效率。

杜越風略微沈思了一會兒才說：「行了，我想到一個人，也許可以，下午我把她叫來排練試演。」

統籌業務及行銷兩部門的杜越風，此刻正坐在華貴的皮革沙發椅上，突然回想起蘇若笙說的話，有時會嚮往自然樸實的生活，但時而又放不下世俗名利的追求，矛盾並立於心。

有時連他自己也會失去方向，自己到底在追求什麼，迷惘和不安，時而困惑了他，他擔心影響了他的判斷力，影響生意，而他必須肩負責任，堅定帶領員工方向，自己不能有絲毫差錯。

杜越風交待秘書，知會寶格的蘇若笙小姐，叫她下午到雲上來，試試拍一段小廣告片做宣傳。

懷著些許惶惑不安的心情，蘇若笙依指示來到雲上公司。

座落在市中心的雲上辦公室，玻璃帷幕大樓，陽光照射下，露出刺眼的光芒，蘇若笙跨過車水馬龍的街頭，進入大樓內，她先到化粧室，略微整理服裝儀容，心情恢復平靜之後，才去會見杜老大。

蘇若笙沈穩的向杜越風打招呼：「杜總好。」

「蘇小姐，我們只需要請妳拍幾個鏡頭，攝影師和導演會告訴妳怎麼演，要講什麼話。」玉琳一邊打量著蘇若笙說。

蘇若笙以充滿自信的語調說：「很開心有機會嘗試拍廣告，我會全力以赴的。」

一堆待批的文件堆在桌上，杜越風一邊聽他們講話，一邊批閱文件，這時她抬起頭來對她們兩個說：「一會兒，我請妳們兩個吃頓下午茶，一方面謝謝蘇小姐幫忙。」

「我也要謝謝杜總給我這個機會。」蘇若笙也期待有新嘗試。

杜越風開玩笑地對蘇若笙說：「我看妳的功效倒蠻多的，小妹、跑業務、行政、拍片，將來搞不好還有更多領域可以發揮！」

蘇若笙：「有時我也希望突破以往的束縛，發現不一樣的自我。」

玉琳安靜在一旁翻閱著雜誌，一邊用眼角餘光注視著杜越風的一舉一動，見他們倆似乎蠻有話聊，遂放棄加入談話的機會。

杜越風終於批完文件，他鬆了一口氣說：「現在可以出去用餐了，我們走吧！」

蘇若笙記起業務訓練：「杜總，吃大餐前，我們是否先喝一匙印加果油呢？」

杜越風笑了笑說：「業務員就是產品最好的代名詞，時刻記得身體力行。」

印加果油向來有「清體聖果」的美稱，具減肥的效果，也是雲上最熱賣的油品之一，每個月單就印加果油的銷售量，就賣了二座 101 高樓那麼多！

玉琳說：「杜總，那我也來一匙吧！對你們產品有信心。」

三人出門前，分別吃了一茶匙的印加果油。

第七章　獲得好感

午後陽光，像隻慵懶的加菲貓，張著半惺鬆的睡眼，躺在大馬路上，杜越風的心情也不自覺放鬆下來，一行三人前往君悅酒店一樓享用餐點。

蘇若笙恍如作夢般，偷望著杜越風俊俏的臉龐，只有玉琳看起來心事重重的樣子。

一陣手機鈴響劃破了靜謐的車內空間，玉琳接起電話說：「好的，我盡快趕回去。」放下電話後，朝著杜越風說：「杜總，不好意思，我臨時有事，恐怕得回去處理，不能陪你們兩位用餐點了。」

「沒關係，妳忙妳的。」杜越風略感惋惜的說。

玉琳笑笑回答：「改天我們再約吃飯。」

杜越風就近讓玉琳下車，坐在後座的蘇若笙，心臟開始噗通噗通地跳起來，要單獨和杜老大吃飯，未免太幸運了，今天回去寫日記，記下這難忘的日子！一邊暗禱，希望月老幫幫忙，她一定會記得再去拜拜還願的。

兩人踏進氣派廣闊的飯店一樓大廳，杜越風拎著公事包，走在前方，蘇若笙像個小跟班似的跟在後頭，杜越風停下腳步，往後望著蘇若笙，等她走到他身邊後，才又邁開步往前走。

蘇若笙會意地加快步伐，跟在他旁邊，兩人並肩走到餐廳。

豐富多樣化的菜色，令蘇若笙看得眼花撩亂，她選了清爽的海鮮，加上日式手捲，就回到座位上。

杜越風桌前一杯冰啤酒，拿了一盤有魚有肉有蔬菜的食物，看起來營養均衡的樣子。

兩人低頭吃東西，蘇若笙滿腦子轉著，該準備聊什麼呢？於是她想到了設計一個遊戲，她問杜越風說：「杜老大，買過樂透嗎？」

杜越風回答：「沒有。」

「欣賞那位明星呢？」

「我喜歡的明星蠻多的，只要電影或戲劇拍得好，或者歌曲動聽，我就會暫時迷上他們，我欣賞各領域的傑出人士。」杜越風說完，喝了口冰啤酒。

「最近感到開心的事？」蘇若笙像接力賽似的，不讓杜老大放鬆，立即接問。

「業績成長我最開心。」杜越風最擔心產品賣不好了。

「最近感到不開心的事？」蘇若笙問。

「擔心公司營運。」杜越風不假思索地回答。

蘇若笙趁機打聽到杜越風的私事，她又接著問：「如果只剩一個月的生命，你最想做什麼？」

「環遊世界。」

「最想和誰一起環遊世界呢？」蘇若笙又問。

「心愛的人。」杜越風又喝了一口冰啤後回答。

蘇若笙問：「找到愛人了嗎？」

杜越風神秘地笑了笑說：「還在尋尋覓覓當中。」

蘇若笙終於問到最想知道的問題了，她小心地接口道：「驀然回首，那人卻在燈火闌珊處，祝你早日找到心上人。」

杜越風說：「想不到你挺會挖人隱私的呀！」

蘇若笙開心地笑了笑說:「這都拜打電話行銷訓練出來的，常常跟客戶邊聊邊講產品，客戶有時會把一些私事告訴你，像他們家老公工作怎麼樣啦,小孩怎麼樣啦,房貸負擔重不重啦，最近擦什麼保養品有用啦……，有時我就當個傾聽者。」

杜越風說：「先以關懷他人當出發點，再來談產品，往往事半功倍，客戶都是人，人最希望受到別人的關心，傾聽別人的憂愁煩惱，客戶往往會變成你的朋友。」

「換我問妳問題了吧！那妳呢？有男朋友了嗎？」杜越風突然問她。

蘇若笙愣了一下說：「快有了吧！」

杜越風不解地問：「這樣是沒有的意思吧！交男朋友難道還可以自己定時間嗎？」

蘇若笙說：「心想事成啊！內心不斷的祈求一件事，夢想就會成真呀！」

杜越風說：「妳一天到晚想著交男朋友呀！」

蘇若笙說：「每個人出生都是孤獨的個體，所以我們必須在人海中找尋另一半，還有知心好友相陪，人生才不會覺得孤單寂寞。」

杜越風嘆了口氣說：「也對！我也希望有個知心女友。」

蘇若笙情不自禁地接著說：「我也希望有個知心男友。」

杜越風半開玩笑地說：「業績和男朋友，你選那樣呢？」

蘇若笙說：「我兩樣都要。」

杜越風說：「我也是，愛情和事業我都要。」說完，杜越風特別地注視了蘇若笙一會兒，才說：「看來，我們在某部分，見解一致。」

蘇若笙說：「我追求圓滿的人生。」

杜越風拿起杯子碰了她的杯子一下說：「我也是，今天下午很開心。」

蘇若笙拿起杯子，喝了一口雞尾酒後說：「我也很開心。」

杜越風說：「都忘了談正事了，拍廣告片也不難，導演會教你動作和說話，妳就保持自然的樣子就好了，攝影師會抓鏡頭，影片剪輯之後，就會產生我們要的效果了。」

蘇若笙說：「為什麼會選我拍廣告呢？」

杜越風說：「感覺妳適合吧！」

蘇若笙內心想著，不知道自己給他什麼感覺呢？正當她這麼想時，杜越風突然特別地看了她一眼說：「我覺得妳雖然不是一眼就讓人驚豔的那種型，但愈看就愈有味道，像我看了妳一下午，發現妳愈看愈好看呢！」

蘇若笙故作鎮靜地說：「是嗎？我可不像杜老大這樣搶眼，鶴立雞群。」

杜越風說：「我們這種人的弱點是，看久了反而愈顯平常，平常人看久了反而不平常，唉！老天爺造人真是公平。」

蘇若笙：「那你看出我有什麼不平常的嗎？」

杜越風說：「妳還蠻合適當個知交的，跟妳談天很愉快。」

蘇若笙說：「那是跟你談天剛好談得來，你也蠻直爽的，要是碰到那種拐拐繞繞，說什麼都不乾脆的人，那怎麼聊呢？」

杜越風說：「那也剛好是妳問，我才會不假思索地回答，換作別人問，也許我難以卸下心防。與人交往信任感和好感，很重要，大概妳都有吧！」

蘇若笙說：「那是你訓練得好，對人坦誠以待，就會得到相同的回報。」

杜越風說：「很多人往來都是利益之交而已，沒有利益就沒有往來，或者沒有利益就不懂得對別人付出，只想在別人身上拿好處而已。」

蘇若笙說：「總要先付出，再問收穫吧！」

杜越風說：「那妳想要在我身上獲得什麼呢？」

蘇若笙說：「好感。」

杜越風笑了笑說：「那妳已經得到了，還想要什麼呢？」

蘇若笙突然沒頭沒腦地唸出：「越上心頭，風月舞清秋，人去樓空，相思無的愁。」

杜越風沈吟著說：「越上心頭，風月舞清秋，這詞把我的名字都寫進去了，倒挺別緻，誰寫的呢？」

蘇若笙說：「我忘了誰寫的，看到你，剛好記起這詞句而已。」接著蘇若笙又道出：「好風憑借力，送我上青雲，扶搖風千里，你父母希望你能超越風的力量，做個強大的人吧！」

「那妳父母希望你吹笛弄簫，當音樂家囉！」杜越風問。

蘇若笙笑笑：「風雅頌，世之美好。」

杜越風說：「我好像回到唸書時候，和同窗同學，每天打籃球吃剉冰的時光，那樣無憂無慮。」

蘇若笙說：「我也好像回到十七八歲的少女時代，單戀隔壁班男同學的時候。」

蘇若笙試探性地問：「那你會喜歡我這種類型的人嗎？」

杜越風略感錯愕地，沉吟了一會才回答：「那個還蠻談得來的，談天說地挺開心。」

接著杜越風岔開話題說：「別只顧著講話，多吃點東西。」

他們分別去取了食物回來，蘇若笙拿了港式點心及甜點，杜越風拿了壽司和水果。

杜越風想著，也許像小鄧所說，多留意身邊的人，有緣人就在眼前！

越上心頭（下）

文：曼殊

第八章　廣告效果

蘇若笙拍攝的廣告片內容，闡述一位平凡的上班族，吃了美容油之後，油內而外改變體質，散發出如埃及豔后的光采，影片最後，蘇若笙打扮成埃及豔后，頭戴金冠，還蒙上一層神祕的面紗，濃粧使得清麗的她，增添了幾分豔麗的神采。

影片內容強調廣告找的是素人實驗效果，食用二至三個月之後，漸顯成效，更增添平凡人的魅力。

廣告播出後，雲上所推廣的四大美人油，銷量又成長 20%，看到業績數字，杜越風懸在半空中的一顆心，總算暫時得以鬆弛下來。

蘇若笙這個月也隨著產品熱賣，增加了不少收入，大概是拍了廣告的緣故，客戶見到她，增添了更多好感，而她也告訴客戶，自己怎麼吃油保養，確實身體力行。

業務單位看見蘇若笙業績扶搖直上，紛紛投以欣羡的眼光，還有人表示自己也想拍廣告，這樣才顯得公平競爭。

「天底下沒什麼公平的事，有人運氣好，像窮爸爸和富爸爸之別，我們還是認命吧！」陳鴻說。

洪曉蕾說：「業績靠自己努力的成分多，像我沒拍什麼廣告，業績還不是照常在前嗎？一天到晚爭風吃醋，也沒什麼用。」

陳鴻附和著說：「我就欣賞妳明理大方。」

洪曉蕾說：「我可不欣賞嘴巴甜的人啊！你還是自己多加油吧！」

這些話全飄進了蘇若笙的耳裡，她向大家說：「業績大部分都是靠我假日加班拼來的，就算沒有廣告，我之前的成績也不賴啊！」

洪曉蕾說：「廣告確實助了妳一臂之力，這個月妳業績幾乎快贏過我了。」

蘇若笙說：「我也不敢居功，那我將獎品分給大家好了。」

「真的嗎？我也想要百貨公司禮券。」大夥兒七嘴八舌地說著。

洪曉蕾說：「我才不稀罕拿別人不要的東西呢！」說完，走到陽台抽菸，陳鴻也跟著出去。

蘇若笙為了表示自己努力付出，才獲得卓越業績的緣故，更加賣力地抱著電話筒不放，一通通的開發電話打出去，多半遇到被掛電話的對待，但她仍舊不氣餒，累了，就起身倒一杯咖啡犒賞自己，有時煩了，就在電話那頭跟客戶閒扯淡，就這樣一丁一點地累積業績。

「真賣命喲！」陳鴻不知何時踱到她身後，對著蘇若笙誇讚地說。

「我沒有什麼絕竅，唯有老實努力的開發和追蹤而已。」蘇若笙吐了一口氣後，才緩緩回答。

「腳踏實地，永遠都是最笨，但最有用的方法。」陳鴻朝他頑皮的眨眨眼。

蘇若笙微笑不語，心裡卻想著，很多時候，人生就是孤寂地必須自己獨力走一段路，才能愈見成長，就像她現在每天跟業績共舞。

第九章　油品出問題

「本刊接獲線民爆料，雲上近期熱賣的印加果油，由於具有瘦身效果，造成熱賣現象，但因產量供不應求，業者為了圖利，竟將錬過的印加果再使用高溫加工回榨數次，並混入冷壓初榨油出售，購買的民眾發現買回去的印加果油，油品不如初購時清澈如水，充滿自然香味，內有不明沉澱物現象，兩相比較，證明雲上的油品，生產製造出了大問題。

本刊為證實民眾爆料內容，特購買雲上新出品的印加果油，發現油品的確有混濁現象，並非如廣告所言，清澈如水般透明的狀況。」

報導一經刊登後，寶格和雲上兩間公司的辦公室內，電話聲此起彼落，業務部門接獲不少客戶反應，要取消訂單，有的客戶還要求賠款，拍了廣告片的蘇若笙首當其衝，身受其害。

雲上高層立即召開緊急會議，杜越風質詢生產線經理，為何沒有將油品品質控制好，以次要品質充當一級產品？

生產線經理林在揚面對責難，頻頻道歉，並且做好離職準備，具體而言，提不出任何有效的解決方案，他只表示：「都是業務量成長太多，才會導致原產量供應不足，生產線為了提高生產量，才會出此下策。」

杜越風氣急敗壞地對他吼叫：「想不到賣太好，還會造成問題，那你為何不反應給業務單位呢？寧缺勿濫，你不懂嗎？這下子，我們精心做出的口碑，全被你們搞砸了！」

杜越風指示：「眼下只有忍痛將次級油品全數回收，再坦誠公司因製程失誤，銷毀可惜，這部分再請業務同仁，大力宣導，告訴客戶這些油還是可以吃的，但品質確不如初榨冷壓的營養成分好，或者將次級油賣給食品業者。」

林在揚說：「報導的殺傷力太大，這些油品恐怕賣不掉了，也許只能銷毀。」

杜越風忍不住拍桌子大罵說：「全部銷毀，你知道損失多重嗎？林經理你得全權負責，這件事之後，你也不必來公司了。」

雲上緊急發布新聞稿：「坦誠公司因製程失誤，新生產的印加果油已全部回收，不過標籤上會註明不是冷壓初榨，而是標榜為『高溫加工』過的精鍊油，仍可以食用，而價格也相對低廉許多。」

蘇若笙最近接電話，客戶大都表示：「誰還敢吃你們家的油呀！叫我們花大錢買健康，反倒賠了健康又賠了金錢。」

這個月業務單位只有一個「慘」字可以形容。

印加果油出問題，連累了其它油品，四大美人組，一組也賣不掉。

蘇若笙打氣地說：「公司一定會提出解決辦法的。」

公務單位聞風而至，認為雲上油品廣告不實，開出鉅額罰單，麻煩事接二連三而來，令雲上出現經營以來，最大的危機。

杜越風面對油品滯銷，還得繼續支付龐大的營運開銷，顯得心力交瘁，不得已之下，他將名下三棟較值錢的房產，全數向銀行抵押借款，期盼可渡過難關。

喝西北風的業務單位，幾個月來，只領基本底薪，很多人根本挨不下去，紛紛提出辭呈，連洪曉蕾也表示：「我想到銀行做業務，反正我有業務能力，到哪都不怕，雲上這回恐怕……。」說到這，搖頭嘆氣。

陳鴻說：「那我跟你一起跳槽好了。」

洪曉蕾說：「誰管你呀！我可不要跟屁蟲，我要去投履歷了。」

蘇若笙發現只剩下業績不好的同事，願意留下來，她也動搖了是否也該離職，另覓前途呢？但又不忍離開這苦心經營出來的事業，唯有咬牙繼續苦撐。

杜越風辛苦訓練出來的業務尖兵，在瞬間瓦解不少，公司內部支離破碎，如果再繼續空轉下去，恐怕三分之二的員工得放無薪假了。

第十章　共度難關

以往只重視績效的杜越風，經此事件，深刻體悟到，公司是一整體，以往他的確只專重於行銷部分，卻忽略了其它行政、生產線問題，才會碰到經營危機。

他立即又招聘一批新的業務尖兵，業務部門是營運的心臟，他到寶格繼續上課，在新的業務員面孔中，突見蘇若笙的臉龐，幾許親切感湧上心頭。

蘇若笙望見杜越風似乎瘦了一些，神情憔悴，不知怎的，內心突然一陣難過，杜越風打起精神說：「面對這次的危機，希望每個人都能變得更加成熟，公司提出新的業務行銷內容，由於這批次級油不符合公司的業務方向，已轉銷給食品業，公司仍將秉持繼續生產頂級食用油為宗旨，但之後，會在生產線上嚴格做到控管品質，增加更多檢測作業，在失敗中學會經驗，希望大家跟我一起打拼，再創輝煌業績。」

蘇若笙鼓掌打氣說：「短暫的痛苦，終將成為再次成功的基石，我們一定可以渡過難關的。」

杜越風提振精神，繼續解說油品知識課程：「生長在俄羅斯西伯利亞邊境-高加索地區的頂級品種沙棘果，在高海拔、高紫外線、高溫差的極端氣候下，嚴苛的生長條件，使其富含類黃酮、維生素、類胡蘿蔔素和 8 種氨基酸、11 種微量元素、抗氧化物及稀有的 Omega-7 脂肪酸等，超過 200 種以上人體需要，但難以取得的生物活性化合物。」

印加果油出現問題後，現今只好將行銷重點放在其它油品上面，但重點是客戶對雲上的油失去了信心，無論產品吃了多好，多營養健康，買氣仍十分低迷。

蘇若笙打定主意，此時產品雖難賣，但正可鍛鍊自己的行銷能力，她相信事在人為，雲上在杜越風帶領之下，一定可以重回往日光榮。

杜越風在人群內望著蘇若笙，專心寫筆記的身影，內心暖暖的，遂走到蘇若笙的身旁藉口問：「有什麼不懂的地方嗎？」

蘇若笙聞聲，猛一抬頭，接觸到杜越風關切的神情，接口說：「對人體的療效部分，恐怕還得多加著墨才行。」

講起課程知識，杜越風立即洶洶不絕地說：「這部分還得加強營養學的知識，急不得。像沙棘油的維生素 C 居蔬果之冠，其中的維生素 E 和胡蘿蔔素被稱為三大抗氧化物質，能夠保護皮膚細胞組織免受自由基的侵害，這些物質都極易被皮膚吸收，具有近似於皮脂的護膚作用。除此之外，沙棘果內含有獨特的皮膚修復功能 Omega 7 脂肪酸，Omega 7 亦是人體製造肌膚、頭髮和指甲的主要元素，幫助肌膚對抗細紋、防止乾燥，增強保濕，呈現水嫩肌膚效果之外，亦能協助皮膚恢復彈性和修復敏感紅癢、老化症狀……。」

蘇若笙望著一臉熱誠的杜越風，又恢復昔日授課時，口若懸河的姿態，不自覺地笑了起來，杜越風見狀，問說：「有多一點了解了嗎？」

蘇若笙立即收回笑臉，正色地說：「了解多了，但無法像你這般講解的又清楚又完整。」

「慢慢學，我也是用了十年功夫呢！」杜越風拿起手提包，接著忽然問蘇若笙說：「我請你吃飯，如何呢？」

蘇若笙頑皮的眨了一下眼說：「那好，走吧！」

第十一章　永結同心

再度踏進君悅飯店的大廳，蘇若笙感到，才短短幾個月的時間，竟經歷了如此大的危機，兩人沈默的走進 Buffet 用餐。

蘇若笙認為此時必得說些話來為杜越風打氣：「杜老大，我相信公司一定會再度上軌道的。」

杜越風說：「我預估大約得度過一年的寒冬，接下來會放無薪假和裁員。」

蘇若笙振作精神，語帶輕鬆說：「杜老大，今天就我請客吧！」

杜越風開懷地一笑說：「我請客，我要謝謝妳沒有離職呢！」

蘇若笙說：「我也要謝謝沒有放無薪假或被裁員呢！」

杜越風說：「我想縮小營運規模，也沒什麼不好，擴充太快，處處危機。」

蘇若笙說：「山不在高，有仙則靈；水不在深，有龍則靈。公司不一定要大，正常營運，可以生活就不錯了。」

杜越風說：「我也想過，自己能力有限，無法顧及許多層面，或思慮不周，做錯了事，衍生難以負荷的後果，趁此危機，重新檢視過往的決策，發現許多缺失。」

蘇若笙說：「在遇到沒有正確答案的時候，不妨先擁有正面的心態，心態影響著事件的發展。」

杜越風想了想說：「我也只能『遇事練心』，即使我變得一無所有，甚至負債，都抱持著能夠東山再起的心。」

蘇若笙說：「會有那麼慘嗎？」

杜越風說：「大不了回到創業初期，什麼都沒有的情況之下，重新開始。」

蘇若笙說：「經驗和歷練就是你的大本錢，杜老大的業務能力一把罩，怎麼能說什麼都沒有呢？」

杜越風說:「也對,我隨時抱著再度開疆闢土的雄心壯志。」

蘇若笙說：「那我就當雄鷹旁邊的一隻小雁雀，還望你庇佑呢！」

杜越風說:「那還不如去拜拜,請神明保佑還比較靈呢！」

蘇若笙忽然像想到了什麼似的說：「對了，你也可以去廟裡拜拜，祈求渡過難關，每次拜拜完了之後，我內心就突然變得平靜許多。」

杜越風內心一動說：「要不然，吃完飯之後，我們一起去廟裡走走好了。」

蘇若笙說：「那到龍山寺拜拜吧！有什麼煩心事向觀世音菩薩說，事業家庭感情有問題都可以祈求。」

杜越風說：「那我們吃完飯再去吧！」

面對擺滿食物的自助吧檯，兩人卻不太有食慾，吃了點東西之後，杜越風開車前往龍山寺。

午後，焚香祈禱的信眾，分散在寺廟廊亭內，蘇若笙和杜越風兩人，也在殿前點香拜拜，蘇若笙告訴杜越風說：「不妨求一籤指點。」

杜越風誠心地向神明訴說事業危機，祈求神明給予指示，求得一籤曰：

「功名事業本由天
不須掛念意懸懸
若問中間遲與速
風雲際會在眼前」

蘇若笙趁機跑到月下老人面前拜拜，她向月老說：「感謝月老幫忙，我找到如意郎君了，但此時他身陷財務危機，但，我相信他有東山再起的能力，我決定不畏艱苦，兩人可以共渡難關、永結同心。」

杜越風帶著籤詩，朝解籤處走去。

解籤老人：「功名與事業都是上天注定的，該是你的總會屬於你，但是若不是你的不必強求，只要盡自己的努力去做就好了，目前不用對祈求的事情每天掛心煩惱。」

杜越風聽了之後，頓覺：「人世間功名成敗有時只是轉瞬間之事，原不必過度執著，但凡付出努力必有收穫，目前擔心也是多餘，不如放下心，用心過每一天吧！」

蘇若笙拜完月老之後，在人群中尋覓杜越風的身影，看見杜越風正從解籤處的門口走出來，她往前問他：「籤詩解得如何呢？」

杜越風表示神祕地說：「你覺得呢？」

蘇若笙說：「抽到好籤不必得意，抽到壞籤也不必沮喪，籤詩代表一時的現象，只要心念篤定，心意誠正，必可化兇為吉，渡過難關，抽籤就當好玩吧！結果不必在意，就像談生意一樣，結果只有成與不成，但精采在過程。」

杜越風：「我也不過於擔心，我相信明天會更好，籤詩無法左右我的意志，也許往前仍有一段風雨。」

蘇若笙想起蘇軾《定風波》所寫，平緩道出：「誰怕！一簑煙雨任平生。」

杜越風彷彿又重拾信心，此時不自覺地執起蘇若笙的手說：「歸去，也無風雨也無晴。」

兩人攜手在前庭漫步，日頭已漸漸向西而落，斜陽將兩人身影拉得長長的投射於地，此時飄來陣陣涼風，一掃窒悶的空氣，迎風飛揚的茄苳樹，葉片緩緩飄落，杜越風望向正殿，輕聲而道：「此時日已西斜，而妳越上了我的心頭。」

國家圖書館出版品預行編目資料

三十一而已 / 雪倫湖、曼殊　合著. —初版.—
臺中市：天空數位圖書　2021.01
面：公分
ISBN：978-986-5575-20-5（平裝）

863.57　　　　　　　　　　110001070

書　　　名：三十一而已
發　行　人：蔡秀美
出　版　者：天空數位圖書有限公司
作　　　者：雪倫湖、曼殊
編　　　審：璞臻有限公司
製 作 公 司：盈駿有限公司
版 面 編 輯：採編組
美 工 設 計：設計組
出 版 日 期：2021 年 01 月（初版）
銀 行 名 稱：合作金庫銀行南台中分行
銀 行 帳 戶：天空數位圖書有限公司
銀 行 帳 號：006-1070717811498
郵 政 帳 戶：天空數位圖書有限公司
劃 撥 帳 號：22670142
定　　　價：新台幣 250 元整
電子書發明專利第　I　306564 號

Family Sky

紙本書編輯印刷：
電子書編輯製作：
天空數位圖書公司 E-mail：familysky@familysky.com.tw　http://www.familysky.com.tw/
地址：40255台中市南區忠明南路787號30F國王大樓　Tel：04-22623893　Fax：04-22623863